KB166548

별이 내려왔네

작가교실 시인선 **05**

별이 내려왔네

원가람 시집

작가
교실

별이 내려왔네

초판 1쇄 인쇄 | 2024년 02월 02일
초판 1쇄 발행 | 2024년 02월 15일

지은이 | 원가람
펴낸이 | 김용길
펴낸곳 | 작가교실
출판등록 | 제 2018-000061호 (2018. 11. 17)

주소 | 서울시 동작구 양녕로 25라길 36, 103호
전화 | (02) 334-9107
팩스 | (02) 334-9108
이메일 | book365@hanmail.net
인쇄 | 하정문화사

ⓒ 원가람, 2024
ISBN 979-11-91838-21-3 03810

■ 시인의 말

　언젠가 헛간에 재워 둔 붓 하나를 꺼내 서투른 그림 하나 허공에 그려 봅니다. 시를 배우며 느꼈던 기쁨과 절망이 그대로 새겨진 제 시를 보고 있노라니 지난날이 떠올려집니다.

　작년 가을에 시집이 나올 수 있도록 지도해 주시던 중 고인이 되신 스승님 방산 박제천 선생님께 가슴 깊은 감사를 올리며, 그리고 무엇보다 떠돌던 저희 문우를 감싸 안아주신 가소 황충상 교수님께도 감사드리며, 출판을 허락해 주시고 아름다운 해설을 써주신 이채윤 작가님께 감사드립니다.

차례

제1부

제2부

제3부

제4부

제5부

■ **해설 |** 자연과의 대화를 통해 만나는 신비로운 내면세계
　　　　　　　　　　　　　　　-이채윤(시인, 소설가)

제1부

살풀이춤

여름밤 찌르레기 울음소리
달빛에 일렁거렸다

달빛이 일렁거리는 복도에서
나는 리듬에 홀린 듯 몸을 움직였다
살풀이춤 가락이 내 몸에서 흘러내렸다

당신은 떠나고 없다
작별 인사도 없이 지상에서 사라져 버렸다
당신과의 이별을 준비하지 않은 것은 아니지만
모든 것이 뜻밖이 되었다

어디에도 붙잡아 둘 수 없는 이 마음
당신이 보고플 때마다 춤을 춘다
살풀이춤 가락 몇 번이고 내 몸 지나 당신에게 간다
춤 속에서 몇 번이고 너를 다시 만난다

승무의 가락 위에서

무대 마룻바닥에 엎드려 미동도 하지 않은 채
나는 호흡을 가다듬는다
염불이 시작되고 호흡을 끌어오면서
나는 공간여행을 떠난다
승무의 가락 위에서 접신하듯 몸을 움직이면
솔밭, 비 온 후 말간 물이 흐르던 산 개울,
중학교 앞 요릿집의 한춤 추는 여인들이 나타났다
사라진다.

장삼자락 허공에 날려 떠난 그대를 다시 부르고
하르르 벚꽃잎마냥 내 몸에 흩뿌려질 때
차마 날 떨치지 못하고 머뭇거리는
그대 놓아 보내는 춤,
한바탕 추고 나면 온몸이 땀에 절고
얼굴에 땀이 송글송글 맺히는 춤
승무.

무랑루즈에서

너는 까마귀 옷을 입고 까마귀의 춤을 추지
깃털은 매끄럽고 유혹적이기도 하지

네가 춤을 출 때마다
핏빛 꽃잎이 하나둘 피어나지

붉은 꽃 무늬가 번지지 못하게
꽃잎을 동여매도 소용없지

깃털을 파닥이면
다시 붉은 꽃잎은 뭉게뭉게 피어나지

까마귀 무희의 춤을 추면서
로트렉 백작은 또 한 잔의 술을 마시지

추리극장

학교 졸업작품에서
나는 안개를 깜짝 등장시켰다

무용수들이 긴 천을 쓰고
멈추었다가는 이리저리 어슬렁거리는 역할이었다

안개는 야산을 덮고 도로를 덮고 논밭을 덮었다

너는 어떤 이야기를 숨긴 채 웅크리고 앉아 있는가
너는 어떤 눈물을 숨기고 우두커니 앉아 있는가

너는 아가사 크리스티처럼
저들의 비밀을 찾고 있었다

허기

천안삼거리축제 오후 무대에 오르려고
우리는 오전부터 바알갛게 분칠을 해댔다

아침 식사와 점심 식사 모두 거른 우리는
속에 불이 났다

땡볕에다 바닥이 철제인 무대에서 발을 데여가며
우리는 스스로 전사가 되어갔다

서로가 서로를 겨냥하고 다수가 누구 하나를 코너
에 몰며
태양빛이 이글거리는 오후 무대에서
우리는 죽을 것 같은 배고픔을 이겨내고 있었다

무당춤

아침부터 눈이 내렸네
눈송이들은 절망에 빠진 듯
이리 비틀 저리 비틀 취객처럼 비틀거렸네

언젠가 나 그처럼 휘청거렸던 때가 있었네
신열이 펄펄 끓었고
의상과 소품을 가득 들고
동국대에서 국립극장까지 걸어야 했네

나는 무엇 때문에 춤추는가를 묻고 또 물었네

무대 위에서 아름다운 무당춤을 추며
술 취한 듯 비틀거리면서
나, 알았네
내게는 춤이 신열을 어루만져 주는 손길 같은 것
임을.

장검무

　우봉선생님은 중국의 정포 소학교를 다닐 때 경극
배우 매란방을 만났다 그에게서 배운 장검무 춤 기법
을 토대로 장검무를 만들었다 나는 활달하고 전투적
인 이 춤을 좋아했고 독립기념관과 중국에서 무대에
올랐다 목검을 양손에 들고 해로운 기운을 쫓아내는
춤 나는 허리를 돌리며 춤추기를 좋아했고 그렇게 춘
다고 선생님께 혼났다

버스

길 위에도 나뭇가지에도 지붕에도
눈이 펑펑 내리던 겨울날
선생님은 아이처럼 기분이 업되셨다

커피잔을 들고 밖에 나오셔서
눈구경을 하셨다

그때,
연구소에 차 빼달라는 전화를 받고
승합차에 시동을 켜며 차를 빼는 선배에게
저년은 여자가 뻐쓰를 타고 와부렀네이.

선배는 더 혼날까봐 줄행랑을 쳤다

포

선생님은 드물게 바느질집에 들르셨다
내비가 없던 시절
감 하나로 선생님을 모시고 영등포에 있는 바느질
집에 가던 나는

아차, 마포를 거쳐 간 것이다.

선생님은 바느질집 여자를 보자 치를 떨며,
저 칠뜨기 같은 년이 같은 포짠 게 마포를 갔당게.

입춤

입춤 장단 속에는
조그만 소녀였던 내가 있다
엄마와 나는 추석 송편 밑에 깔 솔잎을 따러 앞산
에 갔다
엄마는 내게 말씀하셨다
보릿고개 때는 나뭇껍질을 벗겨 먹었단다

육자배기로 시작하여 성주풀이로 끝나는 입춤
그 모든 장단 위에 한 송이 꽃처럼 피어난 입춤을
나는 온 마음으로 좋아했다

천도제

이윽고 화염의 붉은 혀는 당신의 관을 삼키고
나는 속으로 몇백 번을 외쳤다
놀라지 마세요 놀라지 마세요

당신의 맺힌 한을 풀어드리고자
내가 추는 춤과 노래는

이미 재가 돼버린 싸늘한 당신의 가슴과 눈 코 입
을 떠돌고

그렇게 갈듯 말듯
자꾸만 뒤돌아보는 당신의 길을 터주고 있었다

사월의 어느 눈 내리는 날에

눈이 내린다
사월의 어느 날.
선생님은 플라스틱 대야 가득
질끈 짠 걸레를 놓고 가신다.
"때 벗기듯이 힘 줘서 닦어라이"
우리는 선생님께 직사포 욕먹는 게 두려워
연습실 마룻바닥을 벗길 기세로 민다
한참을 마룻바닥과 신음할 때
창밖에 사월 어느 날 눈이 내렸다.

여름 공연

조명이 무대 위에서 아래로 상하수에서 무대로
쏟아져 내릴 때 푹푹 찌는 뜨거운 열기 우리는
뛰고 구르고 허공을 찢으며 호흡을 다스려 갔어
나무판으로 된 무대 바닥에 내가 발을 베였을 때
한 잎
두 잎 흩뿌려지던 사루비아 꽃잎들 친구들은 모
른 체
킥킥거렸지 점점 굵은 두드러기가 나고 그제서야
삼삼오오 밀려오는 친구들 그렇게 내 여름날의 조
명은 스러져 갔지

휴게소

휴게소에 들렀다
휴게소에 들르면 힘겨웠던 한 때의 나를 만난다

한겨울,
공연을 해야 했으나
무용수 둘이 말을 안들었다
의상이 나쁘다, 음악이 안 좋다…
공연이 며칠 남지 않았는데
요구가 너무 많았다

나는 배신감을 곱씹으며
빈 연습실에서 날밤을 새워 연습을 했다

학교에 오가는 시간을 벌려고
빈 연습실에서 이불 한 채를 둘둘 말아 잠을 청했다
잠은 오지 않고 온몸이 냉기로 덜덜 떨렸다
마악 새벽빛이 창문으로 비쳐들면
이불을 들고 근처 휴게소에 들렀다
시동을 켠 채 잠이 들었다

그러던 어느 날 교수님이 무용수 8명을 지원해 주셨다
날뛰던 무용수들이 잠잠해졌다

아직도 휴게소에 들르면
힘들었던 그때의 내가 떠오른다

한량

오늘처럼 달이 환한 밤, 나는 태평소 듣기를 좋아
한다
슬플 때면 태평소를 더 좋아한다 태평소는 세납 호
적 날라리로도 불린다

나는 태평소가 내는 찢어질듯한 고음의 능청스러
움을 좋아한다
허벅지를 탁 치게 만드는, 어깨를 들썩이게 만들고
얼씨구야 하게 만드는 박력이 태평소에 있다

오늘은 태평소 가락을 듣고 싶다 태평소 가락이
머릿속에 쟁쟁하다
멋쟁이 한량의 능청스러움을 지닌 태평소 자락에
휘감기고 싶은 나

그녀의 비문증

그녀 눈 속에 섬이 있다
섬은 무수한 새들을 거느리고 있다

새의 무리가
날개를 접었다 펼쳤다 날아오를 때
멀리서 사진을 찍을 때처럼
점점이 아스라이 떠가는 검은 구름이 그녀 눈 속
에 있다

검은 구름을 타고 올라가면
회색 벽돌집이 나온다

그 속으로 난 여덟 개의 계단을 내려가면
미간을 잔뜩 찌푸린 채 책을 읽는 여자가 나온다.

내 울음처럼

의자 밑 풍선이 아슬아슬하다
의자에 깔린 채로 있다
풍선은 바람이 거의 빠진 상태였다
삼분의 일 정도의 바람을 의자 다리가 뭉개고 있다

그 삼분의 일 정도의 바람은 이리저리 뭉개지며 신
음하고 있다
의자 다리가 이쪽을 누르면 저쪽이 소리를 지르고
저쪽을 누르면 이쪽이 아우성이었다
그러다 결국은 뻥 하고 터졌다

삼분의 일 정도의 바람의 양은 안 터지리라 믿었다
그 믿음을 뚫고 풍선이 터졌다

네가 내 옷깃을 여기서 잡아채고 저기서 잡아채어
결국은 터져버린 내 울음처럼.

꽃 선택

오늘 꽃 선택은 실패예요
꽃을 고를 때는 향기를 봐야 하는데
아차 향기 없는 꽃을 고른 오늘,
오늘 꽃 선택은 실패예요
모든 게 실패예요 게다가 꽃이 풍성하지 못했어요
향기 없고 빈약한 꽃이라
내가 처음 산 꽃이 이거라니요
속상해요
아쉬워요

마음 부자

나는 여름 바다를 통째로 살 계획이다

바다의 밀물과 썰물도 하늘에 띄워 올리고

해변 모래사장의 꽃게도 쏘아 올리고

곧게 뻗은 소나무 숲과 원추리꽃도 하늘에 띄우고

오밀조밀 몰려있는 아이스크림 가게와 장난감 가게도 띄워 보겠다

또한 아침햇살 속 흰 우유와 살구빛 긴 노을도 쏘아 올리겠다

그러면 하늘의 내 어린 오빠는

야호 탄성을 지르며 이 모든 여름을 즐길 것이다.

제2부

꽃과 새들의 합창

그 때,
내가 느닷없는 이별의 슬픔을 겪고 있었을 때
집에 걸려 있어 무심코 올려다 본 그림- 김종학의
꽃과 새들의 합창

연못에 오리가 흘러다니고,
나비 개구리 새들이 연꽃에 앉아있고
파랑 하양 빨강의 진귀한 꽃들이 산에 피어있는
풍경

꽃과 새들이 합창을 하는 것 같았다

내 슬픔을 위로해 주지 않는 저 그림은
어딘가 묘하게 나를 위로한다 피콜로의 음색처럼

나는 붉은 물감을 물에 개어
먼저 연꽃과 나비, 개구리, 새를 붓질한다
그러다 화면 전체에 붉은색 붓질을 한다

온통 빨갛다

나도 한 마리 개구리, 꽃, 나비, 새가 된 것 같다

렘브란트의 도마

갈색 도마를 선물받았다
공방에서 손수 제작했단다
향기로운 나뭇결에 취한 나는
렘브란트를 떠올렸다

쾰른 자화상
보지 말아야 할 것까지 보아버린
알지 말아야 할 것까지 알아버린 렘브란트
그는 울고 있었다

열 겹 주름이 부드럽게 갈리는 동안
도마 또한 보지 말아야 할 것을 보아서
알지 말아야 할 것을 알아서
눈물을 흘리지는 않았을까

드라크르와의 여인

너는 악기를 연주하는 남자 집시의 노래를 듣는다
머리를 길게 늘어뜨린 채 누워 있는 반나의 여인
저택의 여주인보다 더 화려한 장신구를 단 집시는
왼쪽 가슴을 드러낸 채 멍한 표정이다
반나의 여인, 남자집시를 바라보네… 바라보네
한바탕의 놀이가 끝나고 노래를 부르는 집시
집시와 집시의 노래에 기대어 한 세상을 보내는 너,
다른 삶의 낙이 없는 너
무엇으로 너의 가슴을 뜨겁게 채워줄까

goya, cacherrero

5일장이 열리면
우리들 심장은 벌써부터 팔락거렸다

면에서도 더 들어간 리에 살던 우리는
걷다가 지치면 수레에 매달려 장에 갔다

함석지붕을 다닥다닥 이어 붙인 장에 들어서면
얼굴이 발갛게 상기되었다

붉어진 얼굴로
알록달록한 버선, 양말, 실, 빗, 고무줄들을 사서
왔다

5일장이 열리면 우리 심장은 늘 팔랑댔다

봄날의 메밀밭

오베른에 가 보았다

고흐가 걷던 산책길을 따라 올라가다 메밀싹이 듬성듬성 난 메밀밭을 보았다

고흐가 그림을 그리고 있었다

신경증으로 쇠약해진 그가 내게 말했다

'신경증으로 내 일상은 마비가 되었지 옷은 퀴퀴하고 눈빛은 흐리멍텅해지고

중얼중얼 거리며 내가 지나가면 모두들 나를 쳐다봤지 나조차도 내가 부끄러웠어

하지만 어찌할 수 없었어'

고흐는 밀밭으로 날아드는 까마귀떼를 그리고 있었다

까마귀떼는 고흐를 공격하기 시작했다

'나는 저 까마귀떼가 싫어, 나를 닮았어'

휘청거리던 고흐는 내게 손을 잡아줄 수 있냐 물었다

고흐는 의자에서 일어나 산책로로 사라져 갔다

에곤 쉴레, 빨래가 널려있는 풍경

너는 생각한다 너의 어린 시절을
바지랑대에 받친 빨래줄에 가득했던 네 가족의 옷
들,
그 중 형제의 옷이 대부분이었던
바지랑대를 내려 옷을 걷으며 생각했지
왜 엄마는 이렇게 애를 많이 낳을까 창피하게

그러나 그 생각도 잠시
너는 밖에 나가 동네 친구들과 어울리기 바빴어
줄넘기, 공기놀이, 팔강살이, 숨바꼭질…

놀거리가 천지였던 어린 시절을 기억한다

내 안의 자코메티

지나치게 기다란 팔과 다리
나는 그가 왜 어딜 가고 있는지를 모른다
그는 가쁜 숨을 쉬며
파르르 떨리는 입술로 간신히 균형을 유지한 채 걷
고 있다

점점점
작아지고 가늘어지는 그에게서 나의 아버지가 보
인다

그날, 아버지는 죽어가는 아들에게 가고 있었다
시들어가는 꽃잎 다섯 개의 하얀 박꽃 같던 아들,
그 떠나는 마지막 모습을 놓칠세라 걸음 재촉하
던 아버지

재가 된 아들을 가슴에 묻은 후,
술에 절어 여전히 휘청거리던 아버지,
아버지는 누굴 찾아 걸음이 비틀댔을까

나는 그 때의 아버지의 슬픔을 이해하지 못했습

니다

정말 미안합니다.

달님께 보낸 그림

그대에게 가 닿지 못한 내 그림
달님에게 띄워 보냈지

구스타프 클림트 '키스'의 소묘를 그렸네
고개를 한껏 떨궈 입을 맞추는 사내
무릎을 구부린 채 키스를 허락한 반나의 아녀자

그렇게 아무도 몰래 키워 온 내 사랑
띄우려다
띄우려다 멈칫, 띄우지 못했네

그대에게 보낸 그림.

공작의 깃털

바다낚시를 하다 공작을 본다
비는 내리고 바다는 일렁거렸지

빗방울이 바다에 흩어지자
바닷물결에 피어오르는 공작의 깃털

헤라는 연적 이오를 감시하던 아르고스가 죽자
그의 눈 백 개를 공작 꼬리에 달았다지

퐁퐁거리며 흩날리던 빗방울이 만든 초록색 공작
깃털
한시도 눈을 떼지 못했네

Redon, ORPHEE

청색 양복을 걸치고 남자는
어깨에 바이올린을 기댄 채 바이올린을 켜고 있다
바이올린을 켜는 동안 그는 꽃의 대지에 머문다
바이올린이 있는 한 두 팔과 두 다리가 없는 그에게
세상은 아무 두려움이 없다

그는 내게도 바이올린을 켜 보라며
바이올린을 건네준다 바이올린을 받아 쥔 내 팔에
삐죽
두 팔과 두 다리가 돋아난다
나는 연주를 시작한다

별이 내려왔네

옥상 위에서 멀리 바라보았을 때
뾰족뾰족 솟은 건물은 꼭 손톱 같다
보드란 대지를 뚫고 솟은 건물 말이다
밤의 풍경은 그 손톱에 형형색색의 전구를 달고 있
는 트리처럼 느껴진다
그때마다 나는 트리에 별을 달 듯
꽃도 달고 선물도 달고 오색전구를 달아 놓는다
그대에게 드리는 내 마음이다

벚나무

벚나무야,
너는 화가의 영혼인 것 같다

날밤 새워 무엇을 그리느라 꿈틀꿈틀
노곤함에 터져 나오는 울음
화폭에 한 점 연분홍 벚꽃 쏟아내는
너는 어느 화가의 영혼

봄날
온몸을 비틀며 자지러지게 웃다가
온몸을 틀며 목놓아 울다가
어느새 꽃을 피우는 벚나무야

사진을 태울 때

비행기에서 지상을 내려다 본다
불씨를 품은 재처럼 깜박이는 잿더미같은 육지
그 잿더미 앞에 망설이는 대학시절의 내가 앉아
있다

내게 삶은 벅찼으며
내가 원하지 않던 방향으로 자꾸만 흘러갔다

나는 봄날 베란다에 앉아 사진을 모아두고 성냥불
을 그었다
모든 기억을 잊고 싶었다

내게 기뻤던 봄날과 슬펐던 여름, 행복했던 가을과
서글펐던 겨울을
불에 다 태웠다

재가 되기 전 깜박깜박이던 불씨,
비행기에서 내려다 본 이 깜박이는 잿더미는 그 때
처럼
요새도 태울 게 있느냐고 묻고 있었다

산굼부리

용암이 흐를 때 튄 파편을 용암의 눈물이라 해요

제주도 돌 박물관에서 본 용암의 눈물
내 몸보다 몇 배나 덩치가 큰 용암의 눈물

화산이 폭발할 때
용암이 흘러내리면서
용암의 눈물은 땅 위의 것들을 흡착해 굴린다 해요

용암의 눈물은
장에서 일을 보던 어머니와 어린 아들을 덮치고
나뭇가지의 산새들을 먼 하늘로 내몰았죠

용암은
오랫동안 남모를 화를 끓이다
다 깨어 부수고
다 불태우고

제 성미를 바닥까지 보이고서야
산굼부리 분화구 하나를 만들었죠

소통

중국 윈난성에서 쥬라기 시대 공룡 화석이 발견되
었다
원형보존율 70%, 역사상 최고의 보존상태를 지닌
화석

수많은 세월을 지층 속에 갇혀
오두마니 혼자였던 공룡

화석 발굴을 맡은 학자들은 화석을 발견하던 순간
공룡의 울부짖음을 들은 것 같다고 했다
"나 여기 있어요"

화석지에서 공룡이 지구의 볕을 받고
세상과 손잡은 것이 나는 너무나 기뻤다

안개꽃

수천 개의 꽃송이를 달고도
너는 항상 저만치서 앉아 있었구나
온갖 색색의 꽃들을
감싸 안고 환하게 웃는 너
왜 너라고 질투가 없었겠는가
온갖 꽃의 들러리로 나설 때
네 피도 조금은 끓어올랐으리라

그러다가도 금세 모든 일에 눈을 감는 너
너는 항상 네 모습을 돌아보는 거울 같구나

어느 죽음

나는 신새벽에 참나무숲을 걸어 들어갔다
플래시등으로 나무에 붙어 있는 장수하늘소를 보
았다 내 손길에도 꼼짝없는 장수하늘소
어젯밤 폭우 속 천둥 번개를 삼키고는 죽음을 택
한 장수하늘소

나는 나무에 붙어있는 장수하늘소를 보았다 눈 뜨
면 쌓이는 체념과
눈 뜨면 쌓이는 한숨을 뒤로하고 길을 떠난 떠돌
이혼을 보았다

어미 나무의 인사

등산길에 쓰러진 나무를 보았다
며칠 전 폭우에 쓰러진 벚꽃나무다
덩지만 남산만했지 쓰러져 훌쩍거리는 모습은
아직 애기 나무로 보였다
그 나무를 일으켜 세우려 하자, 나무가 내게 말을
건넸다
"그만 둬, 난 흙 속에 묻혀 부엽토가 될거야 미생
물의 집이 되겠지
다만 걱정이 되는 것은 밑동에 자란 잔가지들이야.
오며 가며 잔가지 좀 잘 부탁해"
나는 부엽토가 될 나무의 외로움과 어둠과 그리
움 위에
잔가지들이 잘 성장하길 바랬다

여름밤

달빛 아래 서면
어린 시절 여름밤을 보낸 기억이 떠오른다

시골 여름 저녁은
온갖 풀벌레 소리와 달빛과 별빛과 모깃불로 이
뤄진다

늦은 밤까지 닭백숙 같은 류의 저녁 식사를 하고
평상에 누워 쏟아지는 하늘의 별빛과 달빛을 쳐
다보면
어머니의 옛날얘기가 이어지고
매캐한 모깃불에 콜록거리다 잠이 든다

다음 날이면
맹렬했던 모깃불이 잿빛으로 사그라들어있다
달빛과 별빛도 사라지고 어머니의 팔베개도 사라
진 아침

달빛 아래 서면
어린 시절 여름밤을 보낸 기억이 떠오른다

오래된 향기

매화가지를 계곡물에 씻었다
계곡물은 매화가지에 새겨진 내 사랑의 언어를 읽
어냈다

그 사랑의 언어는 과거의 것이 되었고
오래되어 잔향만이 남아 있었다

나는 봄이 오길 바란 것은 아니었다
오히려 영원히 봄이 오지 않기를 바랬다

사랑의 언어는 과거의 것이 되었고
오래되어 잔향만이 남아 있었으므로
사랑의 언어는 이미 흩뿌려졌다

은사시나무

제 모습을 가리던 한여름의 나무 이파리도
다 벗어던지고
이제야 제 모습을 찾았다며 안도한다

거추장스런 이파리 틈에서 벗어나 이제야
자유롭다고
자유롭다고 속삭인다

개울가에 서서
바람도 맘껏 받고 눈도 맘껏 맞으니
한 줌의 파란 하늘을 되찾아
이제야 숨을 쉴 것 같다고
제 흥에 못 이겨 바람결에 이리저리 몸을 흔들어
본다

이제야 한 줌의 파란 하늘을 돌려받은 나무는
그로써 만족한 한숨을 쉰다

이카로스의 추락

1.
태양 가까이 날자
밀랍 날개는 녹아내렸고
이카로스는 추락하기 시작했다

그리고 보았다
쟁기질을 하는 농부와 양치기와 낚시꾼
태연히 일상을 유지하던 그 무심함

2.
내 나이 열아홉에 광풍이 불었다

내가 한없는 깊이 속으로 침몰할 때
바닷가에 어망과 배를 손질하던 아낙들과 어부들
썩어가는 백합을 바라보듯 모두 심드렁히 나를 바
라 보아,

알게 되었지
허공을 향해 두 팔을 벌리고 살려 달라 소리치며

혼자서 발을 동동 구르며
나의 고통은 오로지 나만의 것일 뿐임을.

제3부

여름 엽서

장독대에서 봉숭아꽃 찧어 물들인 손톱
첫눈 올 때까지 봉숭아꽃물 빠지지 않으면
첫사랑이 이루어진다는데

설렌 기다림 끝
잔뜩 부풀던 씨방은 첫눈을 거느리고 왔네
문 밖에 눈은 내리고
문지방에 걸터앉아 난
내 손톱을 슬금슬금 훔쳐보네

너에게서 소식이 온다…
     안 온다…
무심코 지나다가 너를 볼 수 있다…
     없다…

아직 내 손톱 봉숭아물은 말갛게 붉은기가 도는데
내 어린 사랑,
오지 않는 너를 부르고
끝내 너는 소식이 없네

연기

머리를 풀어헤치고 주저앉아
떠나가는 그대 뒷모습을 본다
가슴을 치고 두들겨도 돌아올 수 없는 이여
붙잡을 수 없는 이여
가까이 다가서면 흩어져 사라지는 이여
다가가 울 수도 없는 애달픔이여

로즈마리 로즈마리

누구를 잃었길래
무엇을 잃었길래

가슴을 두들기며,
몸을 비틀어대며,
앙상한 두 손은 하늘을 할퀴는가

어둠 속을 길게 울부짖으며
병원 복도에 홀로 앉아 우는 여인

그녀는 그렇게 방치된 채
혼자서 아우성치고 있다

보낼 수 없는 것을
가슴 속에서 떠나보내야 하는 여인.

목련

당신께 가고 싶었습니다

봄 지나 여름 오면
여름 지나 가을이 오고,
가을 지나 겨울 오면

늘
항상
그렇게
가 닿고 싶었습니다

아무런 주저함 없이
후회도 없이

천방지방 들쑥날쑥 천방지축
그렇게 잎도 생략한 채
당신께 피어나던 그 순간.

사과

사과가 열렸네
사과 열매 감싸 쥔 봉지 터트리고
수천 송이가 늘어져 열렸네
여름내 숨 막히는 시간
고통으로 철이 든 사과
온몸이 점점 타들어 가는 붉은 고통으로
겨우 홍조를 띤 잘 익은 사과

사과가 열렸네
여름내 숨 막히는 시간 속
고통으로 철이 든 사과,
온몸이 점점 타들어 가는 붉은 고통으로
겨우 홍조를 띤 잘 익은 사과

나는 오늘
고통으로 아우성치는 사과밭에나 가보려 한다

한 포기 그리움

초가을, 공기도 선선한데
배추를 수확하러 농장엘 갔다

배추는 어느새
한 송이 둥그런 꽃송이처럼 커다랗다

배추 이파리들이 겹겹이 에워싸고 있는 것은
너보다 멀리
저 멀리로 앞서가버린 나의 그리움

한 송이 그리움 덩어리 안고 집으로 가는 길

다가서지도 돌아서지도 못하고
내내 주저했던 마음
이제 와 다 들키고.

제라늄 화분

제라늄 화분 하나를 버렸다.

겨우내 잘 견디고 봄꽃까지 피워 준 제라늄

방글방글한 새싹 같은 주둥이 나는 정성을 다해 물을 주었다

그런데 난 죽어가는 꽃에 물을 주고 있었던 건 아닐까

어느 순간부터 시들어 가더니 말라비틀어지기 시작했다

나는 인터넷에 지식검색을 해 보았다

"식물에 수분이 과잉공급되면 죽기 쉽습니다. 갈증 날 정도로 주세요"

물의 홍수 속에서 기진해 죽은 나의 제라늄

나는 그날 이후 밤마다 꿈속에서 마른 화분에 물을 주고 있었다

내 안타까움을 뚫고 다시 제라늄이 꽃피우길 바라며

정월대보름

빈 깡통 구멍 뚫고 철사줄을 달아
관솔 넣고 불을 지펴
빨간 불덩이 휘이휘이 돌리면
하늘 원 둥글다

저 둑 멀리 들려오는 함성
쥐불이야~~

해충 죽이고
잡귀 몰아내고

마냥 신이 난 불의 아이들

잡초야 미안해

잡초를 뽑으러 하우스에 들어왔다
너무 무성해져서 발 디딜 틈도 없었다
딸기는 잡초들 사이에 빨간 촛농처럼 드문드문 보
였다

나는 쭈그려 앉아 잡초를 캐기 시작했다
딸기 농사를 지었는지 잡초를 키우는 것인지 알
수 없었다
그런데 잡초를 뽑을수록 잡초의 예쁨에 반했다

누가 딸기만 예쁘다 말하는가
풀꽃을 달고 있는 잡초, 연둣빛 풀잎, 엎드려 누
운 풀…
잡초의 싱싱한 생명력은 또한 얼마나 아름다운가

나는 잡초를 뽑다 말고 손을 멈췄다
너를 솎아내려 했어,
잡초야 미안해

입동

비가 왔다
단풍나무 잎새가 진다

나무에 가까스로 매달려 있는
단풍잎의 몸부림을 본다

어미나무의 손을 꽉 붙들고 있는 잎
잎잎마다 울먹이고 있다

엄마, 내 손을 놓지 말아요

한길 가의 단풍나무
어린잎의 손을 놓았다

어미나무의 치마폭 주위를 빙빙 돌다
허공에서 몸부림치는 단풍잎.

임종

눈이 내린다
나뭇가지마다 눈꽃을 피우고
아이들은 왁자지껄 눈을 굴려 눈사람을 만들기 바쁘다

햇빛이 나자
눈사람이 녹기 시작한다

눈사람이 녹아들고 눈코입이
흙바닥에 떨어질 그 순간

눈사람은 마지막으로 힘껏 눈을 떠
제가 잠시 머물렀던 세상을 바라본다

눈사람이 녹아들고 눈코입이
흙바닥에 떨어질 그 순간.

4월의 진달래꽃

너와 함께 했던 만월산을 오른다

누군가 어디선가 나를 보고 있다
입을 꽉 다물고 두 눈을 활짝 열고
아무런 기척도 없이
그렇게 내 손짓 발짓을 주욱 지켜보고 있다

진달래 진달래…
아무도 몰래 네 이름을 입술에 띄워본다

내가 너의 이름을 기억해 줄게
너의 한 시절
내 모습을 곱게 바라봐 주었던 너

4월 햇살 속에 너는 지고
그러면 네 안의 나도 지고

네가 사라지기 전
나도 한 번쯤 더 또렷이 너를 지켜보느니

그 여름의 개구리밥풀

여름 개울 숲에 떠 있는 개구리밥풀
무슨 이야기를 들으려 귀를 쫑긋 잎을 띄우는지

내가 발을 담그자 발 주위로
나와의 교신을 꿈꾸며
동동동 안단테로 푸르게 푸르게 달려오는 개구리
밥풀

혈색이 안 좋구나. 어디 아프니

어느새 내 등의 어둠까지 읽어내는 개구리밥풀

그래, 너희들은 괜찮지, 하자
일제히 푸르게 푸르게 흔들리는 개구리밥풀, 나의
봄이여

달빛 아래

그날따라 달빛이 눈부셨다

너는 달빛 아래 서 있었다
장단에 맞춰 서서히 몸을 움직였다
저 아래에서 그리움을 퍼 올리는 듯
슬픔을 길어 올리는 듯

어느 장단에선가
네 안에 희열의 움이 싹트고
서서히 그리움과 슬픔은 사라져 갔지

그리고 널 지켜보는 나
나의 사랑은 왠지 슬픈 것일 것 같아…

대나무 스키

물 위를 걷는 소금쟁이
절지동물이면서 수중생물처럼 휘적휘적 걷는다
다리에 공기주머니를 달고…

너도 소금쟁이 같았다
뒷산에 눈이 내리던 어느 날
나무 잔가지에도 눈이 덮이고 풀숲에도 눈이 덮여
무릎까지 푹푹 빠질 때
너는 대나무로 스키를 만들었다
불에 대나무 앞부분을 그을리고 휘어 스키를 탔다
경중경중거리며 눈밭을 걸을 때는 다리가 긴 소금
쟁이 같았다

친구야,
아무래도 잊히지 않는 이름아
너는 대나무 스키를 타고 어느 골짜기를 헤매고
있는지…

무우

나는 알 것 같다
당신의 슬픔이 안으로 안으로 커져갔던 것을
당신이 어둡고 빈 방에 갇혀
영혼의 추위를 견디고 있었다는 것을

당신은 영원한 어둠 속에 묻혀 버렸다

당신의 어둠을 털어낼 수 있다면
무우를 씻듯이 박박 문지를 수 있다면…

나는 한참을 무우와 실랑이를 벌였다

바람개비

차창 밖으로
오토바이를 탄 한 남자가
헬멧에 바람개비를 달고 지나가는 것을 본다

내 안에서 잠자고 있던
낡고 오랜 바람개비가
먼지를 털고 서서히 돌기 시작했다

고향을 떠나오던 날,
겨울 마당에 진눈깨비는 날리고

너와 나
함께 돌리던 바람개비.

함박눈

가을걷이가 끝난
너른 논밭에 서서 듣네
저 멀리서부터 차분차분 흩뿌려 오는 소리
그대 다가오는 발걸음 소리

쏟아져라 함박눈아
그대와 나 온통 젖도록
내리 부어라 함박눈아

끝내 함박눈이 그쳤네
짧은 눈발 따라 가버린 그대.

짝사랑

아궁이에 불을 땠다
맨 아래에 장작을 펴놓고
나뭇가지를 올린 다음 지푸라기를 얹었다

나는 라이터를 켜
호호 불을 붙였다
지푸라기가 활활 타자
나뭇가지에 불이 붙었다

장작이,
한참을 뜸을 들인 다음
불이 붙었다
장작이 불붙자 내게도 불이 옮아왔다

멀리 있는 그대야,
나는 스스로 지귀가 되었다
이리로 저리로 구르고 뒤집고
한바탕 불난리를 피우다가
스스로 널 향한 불꽃을 식히고 이렇게 사라져간다

반달

힌두축제에선 소떼가, 누워있는 사람들을 밟고 지나간다
그래도 사상자가 나지 않는다
소떼가 발걸음에 완급을 조절하여 사람을 지나가기 때문이다

내 손톱 위 반달도 그렇게 뜬다
제 무게에 눌리지 않게
매일매일 자라나는 손톱 위에 살짝 걸터앉는다
그리곤 손톱 속까지 환히 비춘다

그대 손톱 위에 나도 살짝 걸터앉아
지친 그대, 어둔 맘속까지 환히 비추고 싶다

한낮 소나기

땡볕 찌는 대낮에 비가 왔다 논과 밭
끝도 없이 펼쳐진 시야로 소나기가 내리고
낟가리는 타작이 끝난 논에 듬성듬성 놓여 있었다
우리는 하나둘 낟가리에 들어가 비를 피했다
비는 낟가리 속으로 따라 들어왔다
우리는 비가 되었다

뜀뛰기

일꾼들이 탈곡기에서 벼를 훑어 그 짚단을 논에
차곡차곡 쌓아둔 것을 본다 탈곡기 아래 멍석과
논바닥엔

벼가 흩어지고, 어둠이 내리면 샛노란 짚단은 이슬
을
머금었다 밤이 되자 우리는 우우우 모여 짚단에서
뜀뛰기를 한다

별을 잡을 듯 네가 뛰면 나도 뛰고 내가 뛰면 너도
뛴다
마침내 별을 잡지 못한 지친 우리 가슴에 초록별이
자리했다
우리는 초록별이 되었다

제4부

나염천을 찌며

대학 때 수업 시간에 했던 나염
가을이 오던 언젠가 우리는 나염법을 배웠습니다

어둡고 좁은 강의실 찜기에 수증기가 모락모락거
릴 때
광목으로 머리에 동여맬 띠를 만들었습니다

나는 긴 천에 부분묶기를 한 다음 갈색염료를 물
들였습니다
그리고 찜기에 열을 가해 쪘습니다

염료는 잘 스며들까
천이 어떻게 나올까

어둡고 좁은 강의실 안
가스레인지 위의 찜통 뚜껑을 열던 순간

모락모락 올라오던 수증기와
군데군데 동그라미 무늬가 떠있던 나염천의 자태

찌고 빨고 말리며
기대와 설렘으로 가득했던 순간들이었습니다

나팔꽃 사랑

나는 당신의 울타리에 매달려 있는 빨간 나팔꽃
이에요
수줍음으로 온몸을 칭칭 감고 있죠

사랑은 내게 불안이었어요
네가 무얼 좋아하는지 무얼 싫어하는지를 꼭 알아
야 했어요
네가 좋아하는 일만 하고 싶었어요 너에게서 버려
지기 싫었죠

너에 대한 사랑은 보고픔이었어요
새벽에 깨어나 눈물짓고, 한참 눈을 감고 너를 그
려요
너를 위해서라면 불구덩이에라도 뛰어들 수 있다
생각했어요

사랑은 너무 어렵죠.
너는 나팔꽃의 언어를 모르죠
나 또한 너의 언어를 이해하지 못하는 것 같아요

너의 마음의 울타리는 너무 높아 열 수가 없어요
그저,
다만 나팔꽃이 되어 까치발을 한 채 울타리 안 네
모습을 찾아요

소용돌이

너도
또 나도
새로이 무엇이든 시작해 보려 했다
그러나 아무것도 시작하지 못했음을 알게 됐다
사랑은 더디왔고
또 우리 주위를 재빨리 지나치기도 했다

너도 또 나도
처음부터 사랑을 기대한 건 아닌지 모른다
다만 사랑의 이미지만 원했는지도

그러나
사랑도
사랑의 이미지도 모두 저 멀리로 사라져 갔다

마늘꽃 편지

6, 7월에 보랏빛으로 제 세상을 열던 마늘꽃
마늘꽃 피면 우리집 일꾼 아저씨들도
일손을 놓고 마늘꽃을 바라보았다
그 일꾼들 중 소씨 아저씨는 우리집에서 머슴일을
하던 중 장가를 갔다
장가를 가고도 가끔 집에 들렀던 아저씨는
처음에는 닭장수, 엿장수를 했다가, 뻥튀기 아저
씨로 변신했다
우리집 앞에서 엿장수와 뻥튀기 장수를 했을 때 아
저씨는 내게 주인집 딸이라고 덤을 엄청나게 주셨다
그러다 내가 여중생이 되었을 때, 아저씨가 화투놀
이하다 패싸움에 돌아가셨단 얘기를 들었다
7월이었고, 마늘밭엔 마늘꽃이 무성했다.
아저씨가 생전에 좋아하던 마늘꽃이었다
푹푹 찌는 여름, 나는 소씨 아저씨의 허름한 상여
가 우리집 앞을 지나는 것을 물끄러미 바라보았다

내가 좋아하는 것들

겨울나무에 얹힌 눈송이들,
어디론가 흘러가는 물살 위로 살랑이는 봄바람,
날 반겨 꼬리를 하염없이 흔드는 우리집 강아지 초롱이의 조그만 눈코입,
앞마당에 핀 여름의 참나리꽃,
어머니가 외출했다 돌아오실 때 한복의 서늘한 기운,
매화,
주홍색 천,
무대에서 춤추며 듣는 육자배기

그리고
그리고 무엇보다 당신의 숨결

폐지 줍는 노파

이어폰을 꽂았다
온몸에 음악이 흐른다

골목을 지나고
대로변을 지나고
갑자기 급정거하는 차량 곁을 지나는 동안

삼거리 안경점의 대형티비에서
스우파* 댄스그룹이 댄스 배틀을 하고
그 앞에서 허리가 반쯤 굽은 산발한 노파는 허리
굽혀 폐지를 줍고
아무도 예감치 못했을 노파의 생이 흘러가는 중
이다…

*스우파_최신 댄스를 구사하는 그룹들의 배틀을
경연하는 스우파street woman fighter 프로그램

녹슨 못

언젠가 이 못을 박아본 적이 있다
단단한 콘크리트 바닥에 온몸으로 달려들던,
집 베란다에 떨어져 있는 녹슨 못 하나
사포로 녹을 지워봐도 붉그딩딩하게 구부러진 채
녹이 안 닦이는 너
온몸에 부슬부슬 돋아난 옛 추억에 잠기는 너.

다리미

나도 한때 이글이글 타올랐었네
무엇이든 할 수 있었지
할아버지 한복
아들 정장
내 불 지나면 천상잔치
초대받았네

그 불그릇
이제
어느 아파트 콘크리트
철근 되어 휘청이네

대장간 여인

화덕에서는 놋쇠가 붉게 익어간다.
나는 대장간 여인
나의 대화는 아무 말 없이 대장간에 놋쇠 다듬는
소리
고철과 레일을 녹이고 오래된 내 생각과 감정을
다듬어
그대 심장을 파고들 시 한 자루 내놓는 것

일방통행

　도로는 막혀있다 가는 길은 하나뿐 네게 가는 길은
　하나뿐 그저 끝까지 달려봐야 한다는 것 혼자서
외로이
　달려가 봐야 한다는 것 혼자 울더라도 길을 물을
수는
　없다는 것 그냥 앞만 보고 내달려야 한다는 것

　감당하기 힘든 시절은 지나갔다
　정작 이제 시작일는지도.

조팝 이야기

그녀의 집은 너무도 가난했다
너무나 가난해서 매끼를 굶다시피 했다
그런 그녀의 집에 우리의 피난처가 있었다
여름이면 나와 그녀는 그녀 집 허름한 나무 대문
에 매달려 있었다
앞뒤로 팔랑거리며 왔다갔다 매미처럼 붙어 노래
를 불렀다
그리고 장판지가 다 뜯겨나간 구들장에서 친구들
을 모아 고무줄놀이를 했다
매끼를 굶다시피 한 그녀를 위해 나는 담장 위로
조팝같은 수북한 밥 한 덩이를 건네곤 했다
그런 때 그녀 볼에 떠오르던 홍조가 기억난다

이끼의 꿈

산에 오른다
산중에 시름시름 앓는 소리가 들린다

다가가 보니
고목나무 밑에 낮게 엎드려 숨을 고르는 이끼

푸석푸석 말라가는 이끼
꿈을 잃어 숨죽이며 흐느끼는 어깨

나는 이끼를 조심스레 떼어내
화분에 심었다

며칠 분무기로 물을 뿌려주자
어디서 힘이 나는 지
이끼가 파릇파릇해졌다

감나무 아래서

오빠 세상을 떠나던 날
중환자실에 아무렇게나 그대로 주저앉아
가슴을 할퀴며
발을 동동 구르며 곡을 하던 엄마

엄마는 오빠가 간 이후로
밥 한 그릇을 아랫목에 남겨 두셨다

올해도
오빠가 떠났던 가을이 왔다

눈가에 조롱조롱 붉은 눈물방울 훔치며
모든 걸 다 놓은 채 멍하니 서 있던 엄마를 생각한다

나의 그림자

너는 내가 무얼 하든 어디에 있든 나와 함께 한다
즐거운 한순간에도 슬픈 어느 순간에도 함께 하며
때론 불순한 스파이처럼 내 뒤를 캔다

내가 흘끔거릴 때 내가 딴전을 피울 때 내가 음습
한 곳을
헤매일 때도 너는 내 뒤를 따라다니며 탐색한다

그것은 참 괴롭고 힘든 일이다
늘 내 뒤를 캐는 너를 무심히 잊고 지낸다는 것

언제나 내 뒤를 캐는 너는 스파이
즐거움도 슬픔도 불안도 외로움도 다 네게 들키고
마는 나는 벌거숭이

나는 누군가를 향한 정념도 단단히 숨긴 채 옷깃을
여미며 네 앞에 선다.

달맞이꽃차를 마시며

나는 아침저녁 하루 두 잔
기다림을 마신다

내 몸속 관절 마디마디 줄기가 퍼져 나가고,
입술에,
이마에 잎이 달리는 달맞이꽃차

그 간 삶에 시달려
온몸이 무거운 나

기다림이란 꽃말을 가진 달맞이꽃차로
아픔이 지나기를 기다린다

님 향한 기다림으로 철이 든 꽃
달맞이꽃차를 마시며

머물다

공원엘 갔다.
노랑, 빨강, 하양 봉오리
자꾸만 장미화원에 눈길이 갔다
널따란 장미화원에 가득한 장미

이곳에 잠시 머물다 가는 장미

엄청난 양의 장미가 꽃집의 꽃이 되어
한때를 축하하고 버려진다

장미꽃은 오일이 되기도 한다
로즈 오일을 만들러
셀 수도 없이 많은 양의 장미가 잘려나간다

모양새를 바꾸어
잠시 머무르다
장미는 또 어디로 가는 걸까
또 나는 어디로 가는 걸까

바닷가에서

그해 여름 바닷가
나는 너를 보냈다

지는 해가
자락을 수면에 길게 늘어뜨리면

잔물결은 수줍은 듯
힘껏 내달렸다

가도 가도 네게
가닿을 수 없는 곳에 서서

나는
그해 여름,
너를 보냈다

슬픈 가장

법대를 졸업했으나 군인정신이 강했던 아버지
우리 방에는 오형제의 똑같은 책상이 나란했고
똑같은 옷과 잠옷, 신발을 사주셨고
우리 놀 때 일소대가 움직이라 지시했다

하지만 아버지의 형형한 눈빛, 불끈 쥔 주먹, 긴
훈화에
우리는 시달렸다
아버지 말씀하실 땐 무조건 듣기만 해야 했던
우리는 시달렸다
밤늦도록 무릎 꿇은 우리에게
자신의 생을 슬퍼하다 분노하다 울부짖던 아버지
에게
우리는 시달렸다

그는 첫 아내를 잃었으며
첫아들을 잃은 가장이었다

첫사랑

마트에서 서성이다
너의 가까이에 이르자 파도 소리가 들려왔다

바닥에 엎드려 흰 조갑지를 이고 있는 너
바닥에 엎드려 긴 발을 꺼내 이리저리 살피는 너
　내가 발을 건드리자 이내 조갑지 안으로 쏙 들어
가 버렸다

바깥세상과 교제가 자신 없는 모시조개
조금만 다가가도 움츠러드는 모시조개

마트에 서성이다
어디선가 들리는 파도 소리
조금만 다가가도 움츠러드는 모시조개

연을 날리며

연줄을 팽팽히 당긴다
연은 버티다 다른 방향으로 줄달음질 친다
연줄을 다시 한번 바짝 당겨본다
연줄이 저 멀리로 앞서 나아간다
연줄이 끊긴다

낚싯줄로 연줄을 만들까
아예 연날리기를 포기할까

내가 네게 다가갈수록,
너도 그랬다
너도 내 맘대로 되질 않았다

네가 가져다준 장미며, 양초는
아직도 아름답고 향기로운데,

너는 발걸음을 되돌릴 수 없는지.

제5부

안녕, 엄마

그날 하염없이 눈이 내렸다

차창에 부딪히는 눈송이들

이리로
저리로
떠돌고,
왔다 갔다
비틀거리며
유리창에 입술을 짓찧고

당신은 그렇게 생의 마지막을 받아들이지 못한 채
장지로 가는 창가에서 오래도록 흩날렸다

안녕, 엄마
항상 내 가슴속에 있어요

내성발톱

엄지발톱 언저리가 염증으로 욱신거리고 아파 피부과에 갔다

의사는 발톱이 피부로 파고드는 내성발톱이라며 시술을 권했다

나는 시술을 준비하는 간호사 앞에서 의자를 빙빙 돌리며

오래전 연인을 생각했다

나는 사랑하며 집착했다 그의 삶에 파고들고 그의 영혼에 뿌리를 내렸을 때 그는 신음했다 그가 고통을 느끼며

이별을 고했을 때에야 그에게 파고든 나를 들어 올려 제정신으로 돌아올 수 있었다

시술이 끝나고 간호사는 이제 발톱이 점점 들어 올려질 거라 말했다.

담배 향

나는 담배 향을 좋아한다
담배 한 개피가 타오를 때의 매캐한 냄새를 좋아
한다

어릴 적 아버지가 술에 취해 볼에 턱을 부빌 때
함께 와 닿던 담배 냄새,
아버지 입 안에서 나고, 손에서 나고,
온몸에 절어있던 담배 냄새를 좋아했다

부엌 아궁이에서 불을 쪼일 때 났던
가랑잎의 냄새도 담배 향 같았다

이제와 아궁이에 불을 붙이며 아버지를 생각한다
가랑잎 타는 연기 속에서 아버지의 얼굴을 본다

슬픈 내시경

위내시경을 했다
가스제거제를 먹고 나서 위내시경실에서 간호사는
이것은 기억을 지우는 약이라고 몇 번을 말했다
얼마나 지워지는지요 라고 물어보다가 나는 까무
룩이 잠이 들었다

내가 잠든 사이 위내시경은 열심히 내 위장을 파
헤쳤으리라
너를 처음 만나던 날의 벅찬 가슴과
네가 떠나던 날의 기댈 길 없던 내 슬픔과
그 슬픔마저 쓸어내기 위해 발버둥 치던 아린 기
억들을
내시경은 구석구석 들여다보았으리라

잠이 깨고 내 머리는 어둠이 물러간 듯 쾌청했다
내 속을 후벼놓은 시술에 대한 기억은 아무것도 생
각나지 않았다

아직 나는 몰랐다
며칠이 지난 뒤

나는 다시 옛날의 기억들을 마주하고 있어야 한다는 것을.

마른 장미 꽃잎

하늘 위로 노을이 진다
마른 장미 꽃잎마냥 태양이 빛을 잃는다
부슬부슬 흩어지며 지는 태양

월미도 앞바다
낡은 배가 지나간다
양옆에 갈매기 가족을 데리고 앞으로 나아간다

엄마 방에서는 향수로도 감출 수 없는 누린내가
났다
엄마가 말했다
여자가 나이 들면 향기도 사라지는 것 같애

힘겹게 뱃고동이 울리고
마른 장미 꽃잎 같은 붉은 태양이 진다.

화장법

나는 지금 머리에 검붉은색 매니큐어를 바른다

다치고 멍든 내 머리를 감추려고
그렇게
칠하고 있다

갇힌 새가 되어
이리저리 파닥대고
머리를 짓찧다 머리에 파란 멍이 들어서

나는 그렇게
머리에 매니큐어를 바른다
검붉은색 매니큐어를 바른다
다친 머리가 한바탕 검붉은 눈물을 쏟고 나면
다시 또 아픔은 사라질까 봐

가시

하루에 0.1밀리 자라고 한달에 3~6밀리 자라는
손톱
　반달이 나온 길쭉한 내 손톱을 나는 좋아한다

　내 손톱은 감정을 가지고 있다
　평소엔 창백한 표정으로 있다가
　속상하면 긁거나 할퀸다
　그리고 그 자리는 움푹 패인다

　이런 내 손톱은
　자라고 자라서 가시가 된다

　마음을 언짢게 뒤흔든 상대에게는
　어쩐지 겁을 내며 끙끙대다
　이내 굽이치고 휘어져서
　허공을 할퀴는 가시이다

　빈 하늘을 긁는 손톱엔 눈물이 흐른다

나에게 말 걸기

가을 미용실에서 새단장을 했다
'새단장을 했다'

초록색 머리칼을 노랑으로 염색하고 구불구불 파마
하고
'노랑으로 염색하고 구불구불 파마하고'

거리를 나서네
'거리를 나서네'

미처 생각지 못한 은행의 톡 쏘는 냄새
'톡 쏘는 냄새'

한껏 뽐낸 내 머리는 안 봐주고
'내 머리는 안 봐주고'

보도블록에 떨어진 은행 피해 다니느라 다들 야단
이다
'야단이다'

나, 개울가에 두 다리 길게 뻗고
바람 속에 머리를 흔들며 길게 울었다

내 곁에 아무도 없는 거리에서
열두 살 내게 말을 걸어본다

두드러기

나는 마늘빵 알러지가 있다
알면서도 어제 식탐을 참지 못하고 입에 댔다

오전부터 온몸이 가렵다
나는 속수무책으로 긁적댔다
큼지막한 두드러기가 온몸을 점령했다

응급실행

두드러기가 가라앉을 때까지 수액을 맞아야 했다
다른 방도가 없었다

내 사랑도 그러했다
날뛰는 내 혼이 잦아들 때까지 기다리는 수밖에 없
었다

네가 바라지 않는 내 열정은
땡볕 아래 지푸라기처럼 바짝 말려져야 했다

너에 대한 사랑으로 축축이 젖은 내 영혼은

그렇게 한낮 땡볕 아래 버려졌다

사랑하기 좋은 시절

여름이 되자 우리는 행장을 꾸려 섬엘 갔다. 청산
도.
　섬에 도착하자마자 우리는 수영부터 했다

　마침 소나기가 쏟아졌고
　흙탕물이 된 바닷속에서도 흰 니를 드러내며 우
린 웃었다

　장마가 왔다
　우린 비 오는 동안엔 수영을 했고
　햇빛이 내리쬘 때는 배를 타고 바다낚시를 했다
　섬의 비 맞는 나뭇잎새는 기름을 부은 듯 윤기가
흘렀다

　여름 한철 웃자란 내 사랑,
　참으로 사랑하기 좋은 시절이었다.

시절인연

-방산 박제천 선생님께

내가 너를 처음 보았을 때
너는
네 생의 가장 빛나는 한 시절을 지나고 있었다

짙고 푸른 이파리, 향기로운 풀냄새

나는 욕심이 났다
그토록 아름다운 빛깔과 싱그런 향기를 지닌 널 다
잡아 두고 싶었다

책갈피에 너를 누르면서
압화 속에 네가 영원히 숨쉬기를 바랬다

그리고 오늘,
몇몇 계절이 흐른 후

내가 다시 널 펼쳐 보자
너는
손가락 사이로 부슬부슬 부서져 내렸다

몇몇 계절이 지나고
내가 다시 나를 펼쳐 보았을 때.

감꽃 목걸이

막이 열리고 조명이 켜졌다 감나무 속으로 오빠가
걸어 들어왔다
　오빠와 나는 천천히 새벽 수풀을 헤치며 나아갔다

　오래된 황토빛 담벼락 아래 세 그루 감나무
　우리는 감나무를 흔들어댔다 후드득 감꽃이 흘러
내렸다
　감꽃을 씹고 또 풀에 꿰어 감꽃 목걸이를 만들었다

　안개가 미처 읽지 못했던 오빠의 백혈병
　좀 더 오래 바라보지 못했던 오빠의 뒷모습

　우리는 콧노래를 부르고 또 얼싸안고
　오빠의 혈액 속엔 흰 감꽃이 하얗게 퍼져가고
　오빠는 새벽안개를 털어내며 서둘러 뒷걸음질 쳐
사라져 갔다

에밀레종 앞에서

뎅그렁 뎅그렁
따스한 햇빛과 바람에도 여윈 종소리
동서남북을 뒤흔드는 종소리

밤낮없이 뎅그렁대는
속이 부르트도록 울리는 종소리
부르튼 입술로
부르튼 가슴으로 울부짖는 종소리

가지 마라 가지 마라 우는 종소리
슬픈 꼬리지느러미
울며불며 헤엄칩니다

언약식

나는 가슴께에 겨우살이를 심고 산다

겨우살이 밑에서 언약식을 한 이후로
겨우살이에 알록달록한 등을 매달았다
네가 언제든 찾아올 수 있게
낮에도 밤에도 등을 켜놓았다

겨우살이는 시간이 흐를수록 반짝거렸다
내가 어디에 있든
네가 어디에 있든 반짝거렸다

어느 순간
툭!
등이 다 꺼지고,

겨우살이의 기다림에도
너는 다시 나를 찾지 않았다

나는 왜인지는 묻지 않았다
다만 오늘도 내일도 또 다른 날에도 널 기다릴 수

있을 뿐.

　나는 가슴께에 겨우살이를 심고 산다

사루비아

십여 년 만에 시골집에 왔다
어머니 돌아가시고 아버지 홀로 계신 집
뒤뜰에 사루비아가 붉다

아버지는 88세.
여자친구가 생겼다며 재혼을 할 거란다

나는 아버지를 축하해 드렸다

그래
좋은 일이 생기려
뒤뜰 사루비아가 앞다투어 붉었구나

주인을 닮아 붉구나

겨우살이

약재로 사용하는 겨우살이를 채취했다

둥글게 형태를 잡은,
참새 혀같은 뾰족뾰족한 파란 잎사귀는
참나무 밤나무에 기생한다

막대로 들쑤시자 이내 땅에 떨어진 겨우살이
줄기와 잎을 끓여 마시면 요통 치통에 효험 있다
는데

둥근 겨우살이,
그대의 요통 치통이 낫길 기원하며
둥근 겨우살이를 안고서
그대에게 내 사랑을 고백해야지.

■ 자연과의 대화를 통해 만나는 신비로운 내면세계

-이채윤(시인, 소설가)

1.

원가람 시인의 많은 시편들은 다른 예술에 등을 기대고 있다. 아니, 손을 맞잡고 있다.

최근 디지털카메라가 대세를 이루면서 '디카시(Digital Camera Poetry)'라는 장르가 자리를 잡고 있다. 디카시는 시각적 이미지와 언어의 결합을 통해 새로운 의미와 감정을 전달한다. 그런 맥락에서 보면 이번에 상재(上梓)하는 원 시인의 시편들에는 '춤시(Dance Poetry)', '그림시(Art Poetry)'라 이름할 만한 시들이 많다. 평자들 중에는 디카시는 한동안 유행하다 사라질 장르라 평가절하하는 분들도 있는데, 반면에 '춤시', '그림시', '음악시(Music Poetry)'는 그 연원이 깊다. 많은 유명시인들이 그림과 음악 애호가들이었고 그래서 많은 '예술시'들이 존재해 왔다. 가령, 도시의 일상적인 풍경을 사실적으로 묘사하면서도 고독하고 우울한 분위기를 담은 미국의 화가 에드워드 호퍼(Edward Hopper)의 작품들은 많은 시인들에게 영감을 주었는데, 로버트 프로스트, 에즈라 파운드, T.S. 엘리엇 등의 당대의 기라성 같은 시인들이 강한 인상을 받고, 그의 작품을 시적으로 해석한 작품을 창작했다.

그런 면에서 원가람 시인의 춤시, 그림시는 기대를 모을만하다 할 것이다. 시인은 살풀이춤, 승무의 가락 위에서, 무당춤, 장검무, 입춤, 천도제 등 많은 시에서 춤과 시가 한자리에서 어우러지는 진경을 보여준다.

시인은 대학시절부터 우봉 이매방 선생님께 춤을 학습한 무용수다. 외국의 경우, 무용수로 활동하며 시를 쓴 시인으로 마야 안젤루(Maya Angelou)가 유명한데 그녀의 시는 춤을 통해 강력한 언어와 리듬을 만들어 냈고 새로운 차원의 감정적 표현을 가능하게 했다. 원 시인의 시편들도 춤사위에서 묻어난 몸짓과 동작이 언어에 유희를 더해주고 감정이 리듬과 함께 흐르며, 독자들에게 더 깊은 의미를 전달하고 있다.

학교 졸업작품에서
나는 안개를 깜짝 등장시켰다

무용수들이 긴 천을 쓰고
멈추었다가는 이리저리 어슬렁거리는 역할이었다

안개는 야산을 덮고 도로를 덮고 논밭을 덮었다

너는 어떤 이야기를 숨긴 채 웅크리고 앉아 있는가

너는 어떤 눈물을 숨기고 우두커니 앉아 있는가
너는 아가사 크리스티처럼
저들의 비밀을 찾고 있었다/〈추리극장〉 전문

이 시는 학교 졸업작품의 무대를 배경으로 하며, 안개를 중심 모티브로 사용하고 있다. 안개는 무용수들이 쓰는 긴 천으로 표현되며, 이는 마치 실제 안개가 공간을 뒤덮은 것 같은 느낌을 준다. 이 시는 안개를 통해 다양한 상상력을 자극하며, 추리소설의 요소를 차용하여 시적 긴장감을 높이는 멋진 스토리텔링을 만들어 내고 있다. 졸업작품 무대를 성공적으로 마친 시인은 살풀이춤, 승무, 무당춤 같은 한국 전통 무용에 도전한다.

육자배기로 시작하여 성주풀이로 끝나는 입춤
그 모든 장단 위에 한 송이 꽃처럼 피어난 입춤을
나는 온 마음으로 좋아했다/〈입춤〉 부분

원가람 시인의 춤시 속에는 온 마음으로 춤을 좋아하는 '조그만 소녀였던 내가 있다'.
시인의 춤시는 그림시로 이어진다.

그대에게 가 닿지 못한 내 그림
달님에게 띄워 보냈지
구스타프 클림트 '키스'의 소묘를 그렸네

137

고개를 한껏 떨궈 입을 맞추는 사내
무릎을 구부린 채 키스를 허락한 반나의 아녀자

그렇게 아무도 몰래 키워 온 내 사랑
띄우려다
띄우려다 멈칫, 띄우지 못했네

그대에게 보낸 그림./〈달님께 보낸 그림〉 전문

　화자는 '그대'에게 자신의 마음을 전달하기 위해 그림을 그린다. 구스타프 클림트의 '키스'의 소묘를 그리며, 이를 통해 자신의 사랑을 표현한다. 그러나 그림을 '그대'에게 직접 전달하지 못하고, 달님에게 띄워 보낸다. 이는 '그대'에게 직접 마음을 전달하지 못하는 화자의 안타까움을 나타낸다.

2.

여름 개울숲에 떠있는 개구리밥풀
무슨 이야기를 들으려 귀를 쫑긋 잎을 띄우는지

내가 발을 담그자 발 주위로
나와의 교신을 꿈꾸며
동동동 안단테로 푸르게 푸르게 달려오는 개구리밥풀

혈색이 안 좋구나. 어디 아프니

어느새 내 등의 어둠까지 읽어내는 개구리밥풀

그래, 너희들은 괜찮지, 하자
일제히 푸르게 푸르게 흔들리는 개구리밥풀, 나의 봄이
여/〈그 여름의 개구리밥풀〉 전문

이 시 〈그 여름의 개구리밥풀〉은 원가람 시인의 시
세계를 압축적으로 보여주는 시다.

자연과 대화를 나누고자 하는 시인의 감성과 교감
하는 상호작용을 아름답게 묘사하고 있다. 시인은 '무
슨 이야기를 들으려 귀를 쫑긋 잎을 띄우는' '여름 개
울숲에 떠 있는 개구리밥풀'을 보고 물에 발을 담그고
'혈색이 안 좋구나. 어디 아프니'라고 묻고 '너희들은
괜찮지'라고 또 다독이는데 개구리밥풀은 '일제히 푸
르게 푸르게 흔들리'며 화답한다. 개구리밥풀은 단순
한 자연 요소를 넘어서, 인간의 감정과 상태에 반응하
고 교감할 수 있는 존재로 묘사되며, 이를 통해 시인은
자연과의 소통을 통한 치유와 위안을 경험한다. 이 시
는 자연과 인간 간의 깊은 연결과 상호작용을 통해 내
면의 평화와 치유를 탐색하고 있다.

산에 오른다
산중에 시름시름 앓는 소리가 들린다

다가가 보니

고목나무 밑에 낮게 엎드려 숨을 고르는 이끼/〈이끼의 꿈〉
부분

자연과의 소통, 교감을 위해 여러 시편에서 시인의
눈과 귀는 관심과 호기심으로 열려 있다. 시인은 자연
의 단순한 관찰에서 시작하여 깊은 사색과 내면의 성
찰로 이어지는 경지를 보여주고 있다.

그녀 눈 속에 섬이 있다

섬은 무수한 새들을 거느리고 있다

새의 무리가

날개를 접었다 펼쳤다 날아오를 때

멀리서 사진을 찍을 때처럼

점점이 아스라이 떠가는 검은 구름이 그녀 눈 속에 있다

검은 구름을 타고 올라가면

회색 벽돌집이 나온다

그 속으로 난 여덟 개의 계단을 내려가면

미간을 잔뜩 찌푸린 채 책을 읽는 여자가 나온다./〈그녀
의 비문증〉 전문

이 시는 한 여성의 눈 속에 숨겨진 내면의 세계를 묘

사하고 있다. '그녀 눈 속에 섬이 있다'라는 첫 구절은
상상력을 자극하며, 그녀의 눈이 하나의 신비로운 세
계로 통하는 창문임을 암시한다. 이 섬에는 '무수한 새
들'이 존재하며, 시의 후반부에서 '검은 구름을 타고
올라가면 회색 벽돌집이 나온다'는 구절은 그녀의 내
면에 숨겨진 또 다른 세계로의 진입을 나타낸다. 우리
는 여기서 '여덟 개의 계단을 내려가면 미간을 잔뜩 찌
푸린 채 책을 읽는 여자를 만나게 되는 데 이는 시인
자신의 또 다른 모습일 수 있으며, 그녀의 심오한 생
각이나 내면의 고독을 상징할 수 있다. 전체적으로, 이
시는 한 여성의 복잡하고 신비로운 내면세계를 시각적
이미지를 통해 잘 표현하고 있는데, 그녀의 눈을 통해
들어간 이 세계는 변화무쌍하고 다층적인 모습을 보여
주며, 그녀 자신의 다양한 감정과 생각을 상징적으로
보여주는 수작이다.

3.

머리를 풀어 헤치고 주저앉아
떠나가는 그대 뒷모습을 본다
가슴을 치고 두들겨도 돌아올 수 없는 이여
붙잡을 수 없는 이여
가까이 다가서면 흩어져 사라지는 이여
다가가 울 수도 없는 애달픔이여/〈연기〉 전문

호숫가 나무들 사이에 조그만 집 한 채
그 지붕에서 연기가 피어 오른다
이 연기가 없다면
집과 나무들과 호수가
얼마나 적막할 것인가/ 베르톨트 브레히트 〈연기〉 전문

베르톨트 브레히트(Bertolt Brecht)의 시 중에 '연기'라는 아름다운 시가 있는데 원가람 시인의 '연기'는 한국적 정한이 담긴 또 다른 연기를 보여주고 있다. 시의 주인공은 머리를 풀어 헤치고 주저앉은 채로 떠나가는 사랑하는 사람의 뒷모습을 바라보고 있는데, 이 장면은 극도의 슬픔과 절망을 연기를 통해 잘 표현하고 있다. '가슴을 치고 두들겨도 돌아올 수 없는 이여'라는 구절 그리고 '다가가 울 수도 없는 애달픔이여'는 이별의 고통을 극적으로 표현한 구절은 사랑하는 사람에게 마지막 작별 인사조차 할 수 없는 깊은 슬픔을 나타내며, 이별의 아픔을 겪는 이들에게는 강력한 공감을 자아내고 눈물겹게 만들고 있다.

나는 알 것 같다
당신의 슬픔이 안으로 안으로 커져갔던 것을
당신이 어둡고 빈 방에 갇혀
영혼의 추위를 견디고 있었다는 것을

당신은 영원한 어둠 속에 묻혀 버렸다/〈무우〉 부분

이 시는 '무우'라는 오브제를 통해 개인의 내면적 고통과 고독을 깊이 있게 탐구하고 있으며, 시인은 이를 통해 대상에 대한 깊은 이해와 공감을 표현하고 있다. 시는 '안으로 안으로 커져'간 슬픔과 고통을 물리적인 대상처럼 다루어 이를 제거하고자 하는 인간의 노력과 한계를 시적으로 표현하고 있다.

원가람 시인의 첫 번째 시집에 실린 시편들은 춤시, 그림시, 자연시 등의 다양한 실험을 통해서 자연과의 대화, 사람과의 대화, 자신의 내면과 대화를 시도하는 따뜻한 시인의 시선을 보여주고 있고, 대부분의 시에서 수준 이상의 성공을 거두고 있는 듯하다.

원 시인이 자신의 모습과 내면을 돌아보면서 자신에게 말을 거는 내용을 담은 '나에게 말 걸기'로 시인을 만나보는 것으로 이 글을 마무리하고자 한다.

가을 미용실에서 새단장을 했다
'새단장을 했다'

초록색 머리칼을 노랑으로 염색하고 구불구불 파마하고
'노랑으로 염색하고 구불구불 파마하고'

거리를 나서네
'거리를 나서네'

미처 생각지 못한 은행의 톡 쏘는 냄새
'톡 쏘는 냄새'

한껏 뽐낸 내 머리는 안 봐주고
'내 머리는 안 봐주고'

보도블록에 떨어진 은행 피해 다니느라 다들 야단이다
'야단이다'

나, 개울가에 두 다리 길게 뻗고
바람 속에 머리를 흔들며 길게 울었다

내 곁에 아무도 없는 거리에서
열두 살 내게 말을 걸어본다/〈나에게 말 걸기〉 전문